하늘과 푸른 숲
가까이 바라보면서
새들의 노래까지 들을 수 있는 그곳

호젓이 비어 있는 그 그네에 앉아
훈풍처럼 흔들리노라면
아, 삶의 빛과 그늘을 떠난
마음의 평화!

이윽고
영혼의 부자가 된
나를 만난다

평범한 오늘에 감사하는
당신과 나를 만난다.

엽서를 받았어요
새해 축하 엽서를요
받아 보는 순간, 그 엽서 그림이
너무도 마음에 들더군요
하얗게 눈 내린 장독대와
나목(裸木)의 감나무 가지 까치밥에
날아온 까치 그림이 있는 엽서!
운치와 정감을 느꼈어요
새삼, 고향 생각하며 오랜만에
티 없는 순수를 한껏 만끽할 수 있었지요
참 행복했습니다
감사합니다.

詩가 익어 가는
가을 숲

詩가 익어 가는 가을 숲
申美澈 詩集

초판 인쇄 | 2013년 07월 25일
초판 발행 | 2013년 07월 30일

지은이 | 신미철
펴낸이 | 신현운
펴는곳 | **연인M&B**
디자인 | 이희정
기 획 | 여인화
등 록 | 2000년 3월 7일 제2-3037호
주 소 | 143-874 서울특별시 광진구 자양동 (680-25호(2층)
전 화 | (02)455-3987   팩스 | (02)3437-5975
홈주소 | www.yeoninmb.co.kr
이메일 | yeonin7@hanmail.net

값 8,000원

ⓒ 신미철 2013 Printed in Korea

ISBN 978-89-6253-137-4 03810

詩가 익어 가는 가을 숲

신미철 시집

詩 속에는 길이 있다
그리운 너를 찾아가는 길이 있다

연인M&B

올해는 유난히 봄이 짧고, 일찍부터 더운 여름이 찾아왔다. 한창 오월의 신록과 훈풍을 즐길 수 있는 시기에 더위로 땀을 흘리게 했다.

그런 속에서 나는 내 좋아하는 가을을 생각하면서 아홉 번째 시집(詩集)을 준비하는 작업을 진행하였다.

그지없이 맑고 시원한 계절. 풍요로운 가을이 해마다 찾아온다는 것은 지상에 사는 우리에게 크나큰 축복이 아닐 수 없다는 생각을 해 본다.

우리 인생에서는 단 한 번밖에 없는 봄, 여름, 가을이기에 아쉬움과 그리움으로 가을 길에 서서 조용히 읊조려 보는 나의 시(詩)! 나의 가을 노래!

함께 가슴으로 공감할 수 있었으면 하는 바람이다.

─생활 속에 작은 기쁨의 씨앗들을 심으며 가꾸며 가을을 향하여 걸어가고 있다.

2013년 6월
신미철

| 차례 |

序文 _ 04

제1부 자작나무 숲에서

자작나무 숲에서 _ 12
詩를 쓰는 것은 _ 13
詩 속에는 _ 14
詩 _ 15
가을의 詩 1 _ 16
가을의 詩 2 _ 17
풍경이 있는 여행 _ 18
베짱이 소리 _ 19
포대화상 2 _ 20

나는 나무이어라 _ 21
생명의 찬가 _ 22
신록(新綠) _ 24
미소 _ 25
봄비 _ 26
연꽃 _ 27
안개 낀 거리에서 _ 28
아름다운 나무들(文香木) _ 29

제2부 가을 이야기

가을 이야기 1 _ 32

가을 이야기 2 _ 33

九月이 오면 _ 34

외로울 때 _ 35

十月 어느 날 _ 36

만리향(萬里香) _ 37

그 오솔길 1 _ 38

노을 _ 40

十一月 어느 날 _ 41

가을 속에서 _ 42

가을 저녁 _ 43

十月에 _ 44

가을을 만나면 _ 45

가을 여행 _ 46

노란 은행나무 _ 47

도맛소리 _ 48

너도 하나, 나도 하나 _ 49

향수(鄕愁) _ 50

조끼 _ 51

제3부 미스 분홍

미스 분홍 _ 54

해조음(海潮音) _ 56

부부(夫婦) _ 57

따뜻한 햇살 _ 58

경동시장에서 _ 59

비닐봉지 _ 60

무제(無題) _ 61

옛 이야기 _ 62

겨울 나목(裸木) 앞에서 _ 63

살림도 예술 _ 64

그 노인(老人) _ 66

석등(石燈) _ 68

여백(餘白) _ 69

입춘 기도 _ 70

까치발 _ 71

이삭 줍는 여인 _ 72

가을 소묘 _ 73

제4부 들꽃들을 보면

들꽃들을 보면 _ 76

소나기 마을 _ 77

八月 어느 날 _ 78

그림을 보면서 _ 79

세미원(洗美苑)에서 _ 80

소나무 숲 속에서 _ 82

그네 _ 84

바다에서 _ 86

그때는 _ 87

벤치 _ 88

꽃잎이 지네 _ 90

생명(生命) _ 91

사계(四季) _ 92

노안(老顔)을 보며 _ 93

꽃을 사세요 _ 94

부채 _ 95

참 좋다! _ 96

고목(古木) _ 97

황혼에 _ 98

제5부 거울 앞에서

거울 앞에서 _ 100

해운대(海雲臺)에서 _ 101

선통사(善通寺)의 녹나무 _ 102

하롱베이 _ 103

앙코르와트의 홍련(紅蓮) _ 104

아름다운 황혼 _ 106

그 오솔길 2 _ 107

일체유심조(一切唯心造) _ 108

엽서(葉書) _ 109

오늘은 _ 110

운치(韻致) _ 111

추모(追慕) _ 112

친구 1 _ 113

친구 2 _ 114

'우리' 라는 말 _ 115

어부의 아내 _ 116

감기(感氣) _ 118

늙는다는 것은 _ 119

제1부

자작나무 숲에서

자작나무 숲에서

자작나무 숲에 와서
내 그리움을 풀어 놓는다

귀여운 강아지 한 마리 앞세워
함께 걸으면
하얀 표피의 자작나무 숲에
한 폭의 그림이 되고

맑은 숲내음 속에서 나는
자작나무 닮은 하얀 꿈꾸며
詩를 쓰리라

자작(自作) 자작 자작…
혼자서 읊조리는
자작나무 닮은 詩를.

詩를 쓰는 것은

詩를 쓰는 것은
삶을 사랑하는 일이다

詩를 쓰는 것은
세상 만물과
숨결 나누는 일이다

나, 오늘 밤도
별빛 우러러 詩를 쓰는 것은
생애의 고귀한 작업
내 인생에 대한 예의―

아, 詩를 쓰는 것은
영혼의 그윽한 노래
부르는 일이다.

詩 속에는

詩 속에는 길이 있다
그리운 너를 찾아가는 길이 있다
멀리 떠나온 고향
만나고 싶은 사람들
함께 부르고 싶은 노래
그리고, 목마른 영혼이 나누고 싶은
맑은 샘물―

詩 속에는
그런 푸르른
오솔길이 있다.

詩

저 파란 하늘에
쓰고 싶다

일필휘지(一筆揮之)로
가슴에 깊은 여운 남기는
아름다운 詩 한 수.

가을의 詩 1

파란 하늘에
詩 한 수 쓰고 싶은
가을!
모과 향기 그윽한 시를 쓰고 싶다

노을빛에 물든 가을걷이 싣고
집으로 향하는 황소의 눈망울 닮은
詩를 쓰고 싶다

솔방울 구르는 고향 오솔길
그리운 이야기 쓰고 싶다

이 세상에 살면서
사랑했던 것
그리웠던 것
소중했던 것들
별처럼 반짝이게 쓰고 싶다

여문 수수 이삭처럼 묵묵히 고개 숙이고 서서
감사하는 가슴으로
파란 하늘에 쓰고 싶은

가을의 詩.

가을의 詩 2

가을엔
높푸른 하늘 흐르는 흰 구름
바라보는 것이 詩다

가을엔
생각에 잠겨 혼자서
길을 걸어가는 것이 詩다

산길에서
들길에서
숲길에서
번화한 도시의 골목길에서
묵묵히 혼자 헤매는
허허로운 모습!

그런 것이 가을의 詩다.

가을의 詩는
그런 곳에서
그윽한 향기로 익어 가리니.

풍경이 있는 여행

인제의 곰재령
이곳은
오지 중의 오지(奧地)
곰취가 많아서 곰재령이라지
운지버섯도, 조릿대도 무성한
갖가지 약초도 많은 산골
겨울엔 눈과 바람뿐인 산골
그 추운 곳에서
도(道)를 닦는 성자처럼
청아한 모습의 자작나무들―
매서운 칼바람 속에서도
자연스레 삶을 즐기며
미끈하게 자라는 자작나무들!

훤칠한
자작나무 닮은
그리운 사람아.

베짱이 소리

은하수 꿈꾸는 여름 밤

내 고향 배앗골 숲 속에서
들려오던 소리
청아한 베짱이 소리

짤깍 짤깍 짤깍…
베틀 위에 앉은 여인을 생각케 하는
해맑은 생(生)의 가락―

고향도 세월도
멀리 떠나온 지금
문득, 그 소리 환청으로 들으며

이 밤
베를 짠다
능라(綾羅)를 짠다
영혼의 실꾸리 풀어
무르익어 가는
자연의 詩를 짠다.

포대화상 2

만면에 넘치는
밝은 웃음

언제 보아도 구김없이
여유로운 모습

옹졸하거나
인색하거나
쪼잔한 구석은
눈을 씻고 봐도 찾을 수 없는
화통한 그 모습!

그 넉넉한 마음 자리—

내 가슴에도
지니고 싶네.

나는 나무이어라

머리는 하늘을 향한 채

발은 땅에 묻고 서서

해와 달 별을

가슴에 안고 사는 나는

한 그루 나무이어라

푸른 꿈꾸는

나무이어라.

생명의 찬가

알고 보면
이 세상은 서로 다른 것들이 모여서
이뤄진 존재!
만물상(萬物相)이기도 하다
그래서 서로 어울리기도 하고
부딪치기도 하면서 쉴 새 없이
화음과 불협화음을 내면서 굴러가는 수레

나는 더운데
너는 춥다고 옷을 껴입고, 불을 지핀다
나는 괜찮은데 너는 싱겁다고 소금을 넣는다
나는 말랐는데 너는 뚱뚱하고
너는 장미꽃을 사랑하는데
나는 들꽃을 더 좋아하고—

하지만, 우리는 모두
하늘을 이고 함께 땅을 밟고 사는 사람들

개구리는 개골개골 노래하고

뻐꾸기는 뻐꾹뻐꾹

귀뚜라미는 귀뚤귀뚤

각자 자기 소리로
생명을 노래하며 산다.

신록(新綠)

그대 앞에 서서
마주 바라보노라면
아, 내 나이보다 훨씬
젊어진 가슴으로
싱그런 콧노래 절로 나오네

청산을 꿈꾸는
초록빛 맑은
소망이여.

미소

오늘
내가 할 일은
웃는 일이다

잔잔하게
맑은 웃음 짓는 얼굴
환하게 마음의 문 여는 가슴―

그리고 온화한 시선으로
상대편을 바라볼 수 있는
여유와 향기!

집에서나 밖에 나가서나
아는 사람이나 모르는 사람에게도
만나면 구김없이 대하는
따뜻한 마음

오늘도 내가 할 일은
밝은 미소 꽃피우는 일이다.

봄비

봄비 오는 날

친구에게서 전화가 왔다
봄의 소리 들려오고 있다고…

그날은 바로 경칩이었는데
부슬부슬 봄비까지 내리니
정녕, 대지에 봄은 오는가 보다

봄을 기다리는 그 친구의 목소리!
늦가을 연륜(年輪)인데도
푸른 생기가 돈다

아, 오늘은 푸르른 날!
친구의 봄빛 머금은 목소리로
내 가슴에 피어나는
봄
봄빛
봄노래
녹색으로 물드는 세상을 만난다.

연꽃

물속에 발 담그고 서서
하늘 우러르는 꽃!

둥글고 큰 잎새에
수정 같은 구슬 굴리며
두 손 모으는 모습

고요하고 경건하여라

기도하는
영혼이 깃든 꽃이여.

안개 낀 거리에서

한 사람이 서 있다

안개 낀 거리
가로수 아래서
누구를 기다리는가

저만치 앞에는
젊은 남녀가 팔짱을 끼고
걸어간다

아직도 가로수 아래
혼자 서 있는 사람
그는 누구를 기다리는 것일까?

어쩌면, 안개가 사라지기를
태양의 밝은 미소를
기다리는 것일지도 모른다

눈부신 초록 잎새들과 눈 맞추며
희망을 속삭이고 싶은지도 모른다

—그 사람, 아직도 기다리고 서 있다.

아름다운 나무들(文香木)

나무들을 보며 생각한다

소나무가 詩라면
감나무는 수필이고
느티나무는 소설일 거라고—

달빛도 읊을 줄 아는 솔바람 소나무!

추억 속의 노을빛, 가을 감나무!

풍성한 그늘, 오가는 발길 쉬면서 이야기꽃 피는
느티나무, 정자나무!

아, 그래서 자연 속에

소나무는 시를
감나무는 수필을
느티나무는 소설을 쓰는 것 같다.

제2부

가을 이야기

가을 이야기 1

아릿한 그리움 속에
고향이
추억이
찾아든다

옛 노래
옛 이야기 속에
피어나는 모닥불!

그 따뜻한 둘레에 익어 가는
詩보다 아름다운
가을 이야기.

가을 이야기 2

연륜(年輪)이 지긋해 보이는
여인들 서넛이 길을 걸으며 하던 말
밥 잘 먹는 것도
잠 잘 자는 것도 고마운 일
하루를 무사하게 보내는 것도
다 감사해야지—

서로 얼굴 만나 보고
이야기 나눌 수 있는 이 자리가
축복됨을 알아야지
앞으로 얼마 동안이나 이렇게
우리가 동창 모임에 참석할 수 있을까

낙엽처럼
갈색으로 물든 계절의 여인들 이야기가
쓸쓸한 바람처럼
가슴을 스쳐 간다

문득, 낙엽 타는 그윽한 향기
훈훈한 모닥불이 그리워진다
아득한 고향처럼.

九月이 오면

뜨거운 여름 가고 구월이 오면
나는 드높은 하늘
그 푸르름이 좋아라

九月이 오면
가을빛 산들바람에 옷깃 날리며
길 떠나는 나그네 되고 싶어라
오곡백과 익어 가는 들길에서
들꽃 피는 산기슭에서 문득 생각나는
고달팠던 지난날
그리운 사람들—

그 눈빛
그 목소리
다정했던 그 모습

九月이 오면 다시 생각나는
향수 어린 목마름이여.

외로울 때

알고 보면 누구나 다 외로운 사람

혼자 있는 것을 사랑하라
혼자만의 시간을 길들여라
그리하여 외로움을 축복으로 승화시켜라
밤하늘의 별들도 외로워서 반짝이는 것
가을 나그네도 외로워서 먼 길을 떠난다

외로움은
자기를 성장시키는 스승

외로움은
자기와 함께하는 영원한 친구.

十月 어느 날

깊어 가는 가을날
단풍 든 나뭇잎들이
한 잎 두 잎 지고 있을 때
여고 동창 친구에게 전화를 걸었다

'오늘 뭐하고 지냈어?
'그냥 놀고 지냈지 뭐!'
'뭐하고 놀았는데?
'TV도 보고, 책도 읽고, 마늘도 까고, 빨래도 하고.'

그렇게 할 일을 하면서 보낸 시간을
놀고 있다고 여기는 그 친구
호감이 간다

일상을 쫓기듯이
바쁘게 힘들게 헐떡이기보다
여유로운 태도로 즐기는
그 친구!

─가을 하늘과 눈도 맞추었으리라
반짝이는 지혜 엿보이던 그 친구에게
미소를 보낸다.

만리향(萬里香)

아름다운 시월 어느 날
먼 길 달려가
통도사(通道寺) 도량을 돌아보다가
나는 발길 멈추지 않을 수 없었네

바람결에 스쳐 오는 미묘한 향내!
그건 어디서 베푸는 보시인가?
둘러보아도 알 수 없었네

맑으면서 감미롭고
감미로우면서도 그윽한
그 향기!

아득한 세월 흘렀어도
잊을 수 없는
추억 같은 그 향기

우리 서로 그리워하던 시절
사랑의 꿈 닮은
그 향기여.

그 오솔길 1

살면서 가끔
그 오솔길 걷고 싶은 때가 있다

그 오솔길에는
풀과 나무들이 있고
철따라 야생화가 피는 산비탈 길

곡선(曲線)을 그리며 돌아가노라면
성급했던 마음 여유가 생기고
메말랐던 가슴에
그리움이 솟는 길

하늘과 태양과
순한 바람이 함께하는
그 오솔길

때로는 비바람, 눈보라 속에
창백한 모습으로 휘청거리며
걷던 길
이제 다시, 그 길을 걷노라면
나는 어떤 상념에 잠길 것인지…

황혼 속에서
옛날을 읽을 수 있는 그 가을을
조용히 노래 부르리라.

노을

저녁 하늘에
노을이 곱게 물드는 것은
고향을 생각하라는
의미인지 모른다

서녘 하늘에
번지는 노을빛은
추억을 돌아보는 시간을
간직하라는 뜻인지 모른다

저녁노을이
붉게 타는 이 시간은
꿈도
슬픔도
그리움도

아, 어쩌면 모두
사라져 버린다는 걸
가르치고 있는 것인지 모른다.

十一月 어느 날

겨울을 재촉하는 늦가을 비가
포도 위에 뒹구는 낙엽들을
무심히 적시고 있다

하늘을 회색빛
옷깃에 스며드는 바람도 차가운데
우산도 없이 여행 가방을 끌고
서울 한 모퉁이를 걸어가는
낯선 이국의 젊은이!

이역만리 타국에
혹여 일자리 찾아온 것 아닐까?
그 뒷모습이 왠지
짠한 여운을 남긴다

희망이 밝지 못한 시대
수많은 젊은이들이 일자리가 없어
마주치는 눈길이 민망하고 안타까운데…

어서 추운 겨울 지나고
환한 얼굴로 맞이할 수 있는
희망찬 봄이 오기를 비는 마음
간절하다.

가을 속에서

가을은 예술!

자연이 창조한
순수한 예술

이 가을엔
그와 함께

그 예술의 향기에
흠뻑 취하고 싶어라.

가을 저녁

밖에서
가을을 만나 본다

가을과 함께 거닐며
눈으로, 귀로
가슴으로
가을의 빛과 소리
풍요로운 사색을 한아름
안아 보는 시간—

저녁
빗기는 햇살 속에
홀연히 스며드는 향수(鄕愁)!

황혼이 외로운 등불을 내걸고 있다.

十月에

가을 단풍이
붉은 노을빛에 취해
더욱 찬연한 석양 무렵

마음에
쉼표 하나 간직한 나그네
길을 떠난다

산골 마을 초가집
옛날처럼 굴뚝 연기 피어오르고
울타리 곁에
수호신(守護神)처럼 서 있는 감나무—

주렁주렁 열매 이고 있는
그 모습!
따뜻한 그리움으로
내 가슴에 등불을 켠다

十月은 나무들 가지마다
전설이 익어 가는
마음의 고향.

가을을 만나면

가을을 만나면
함께 걷고 싶어라

가을을 만나면
높은 하늘, 함께 바라보고 싶어라

가을을 만나면
정답게 마주 앉아
차향(香)을 즐기고 싶어라

아! 가을을 만나면
영혼의 고향 찾아서
깊은 시름 풀어내는
詩를 쓰리라.

가을 여행

하늘 아래

산이 있고
들이 있고
마을이 있네

마을에는 길이 있네
그 길 오가며
사는 사람들

꽃피는 봄을 기다리면서
가을의 열매를 꿈꾸면서
살고 있는 사람들

궂은 날 맑은 날 한결같이
삶 속에서 그리는 것은
무엇일까?

영원한
생명의 기원은 무엇일까.

노란 은행나무

우리 집 부엌 창밖으로 보이는
길 건너 맞은편에 서 있는
은행나무 두 그루!

샛노랗게 물든 그 모습, 황홀하다

이웃에 서 있는 감나무는
이미, 잎 다 떨구고 앙상한데
낙엽 지는 늦가을, 아직도
화려한 의상으로
눈부신 그 모습—

하지만 어찌 알랴
하룻밤 자고 나면 몰라보게
수척한 야윈 모양일지도…

지금의 저 아름다움이
허전함을 안기는 마지막
서글픔일지도—.

도맛소리

오늘 아침엔
오랜만에 도맛소리를 들어 본다
여름철이라 열어 놓은 이웃집 창문으로
흘러나오는 그 소리
반갑고 정겨운 도맛소리!
문득, 옛적 어머니 생각이 난다
사시사철 부엌에서 가족과 일꾼들의
식사 준비로 손에 물 마를 새 없이
분주하시던 어머니!
과학이 발달한 요즘은 살림살이도 한결
간편해진 세상이기에
고기는 고깃집에서 썰고, 갈고, 마늘 찧는 것도, 떡 만드
는 것도, 그것뿐인가, 밥은
전기밥솥이 하고, 빨래는 세탁기가 깨끗이 끝내 주고—
도맛소리 없이도 진수성찬 차릴 수 있는 세상에 살면서
오늘 아침 모처럼 도맛소리를 듣고
푸근한 정감에 잠길 수 있었다
—가족을 위한 멜로디. 도맛소리!

너도 하나, 나도 하나

우주 만물 가운데
똑같은 것 있을까?

너도 하나
나도 하나일 뿐—

장미꽃을 바라보면서 나는
그 향기, 화사한 모습에 취해
가슴 두근거리는데

너는 냉정한 얼굴로
가시가 있어 싫다고 외면해 버렸지

너와 나, 제각기 생각과 모습 다르고
혹여 너와 나, 생각은 같을 수 있어도
각자 모양과 위치가 다르듯이

세상에
똑같은 것
똑같은 생명
있을 수 있을까
또 있을 수 있을까?

향수(鄕愁)

하늘 만큼이나
詩를 좋아하는
그 사람

천지간에
흰 눈이 펄펄
내리는 날

나목(裸木) 가지 위에
까치집 둥지
무연히 바라보다가

불현듯
옛 고향으로 달려가는
그리운 마음.

조끼

등과 가슴을
감싸 주는 옷

소매가 없으므로
활동하는데 부담이 없어 좋다

거기다 주머니까지 갖춰 있으니
일상생활에서 편리한
도우미!

―얼마나 멋진 입성이냐
더욱이 등산이나 여행 때는
더더욱 실용적인 친구!

너는
옷 중에 효자(孝子)니라.

제3부

미스 분홍

미스 분홍

그때, 그 시절 나는

여름날 초저녁 초가지붕에 피는
하얀 박꽃을 무척이나 좋아했다

그래서 여름날엔
모시적삼을 즐겨 입던 나!

때때로, 수줍은 연분홍 모시적삼을
곱게 다려 입음으로써
나만의 멋을 즐기곤 했다

어느 날, 집에 오신 손님이
내 모습을 이윽히 바라보다가 조용히
'미스 분홍' 하고 부르며 다가왔다

그때부터 나의 닉네임이 된 미스 분홍!

이제, 머리에 서리가 내린 연륜(年輪)인데도
나는 아직도
좋은 날엔 화사한 분홍빛 옷으로
단장하고 싶다

젊음과는 또 다른
가을 향기를 위하여—.

해조음(海潮音)

모네의 그림 속 여인처럼
우아한 그 모습!

담담하게 토하는
시인(詩人)의 찬사에
홀연히 내 젊은 날을 돌아본다

수줍게 피던 나를 돌아본다

아름답던 녹색의 젊은 날을 돌아본다

가슴에 이는 조용한 파장—

문득, 잔물결 치는
그윽한
해조음(海潮音)을 듣는다.

부부(夫婦)

볼일이 있어서
어느 가게에 함께 들렀다

자원봉사하는 아주머니가 우리를 보고
'아! 두 분이 닮으셨네요!'

'어디가 닮아 보여요?'
'인상이 너무 닮으셨어요.'

'네, 우리는 오십 년이나
함께 살아온 부부니까요.'

따뜻한 햇살

전생에 덕을 많이 쌓으면
남향집에 살게 된다는
옛말도 있지

남향으로 난 창
남쪽을 바라보는 문
모두가 밝은 희망
삶의 기쁨과 통하는 길

이른 봄날, 시골집에서
어머니와 냉이를 다듬던
남향집 툇마루!

따스한 햇살이
동백기름 바른 어머니 머리 위에
거친 손등에 부드럽게 쓰다듬던 추억―

춥고 외로운 이들을
포근히 감싸 주는
자비로운 손길, 따뜻한 햇살.

경동시장에서

매섭던 동장군이
슬며시 꼬리를 감춘
토요일

따스한 햇볕 벗 삼아 나온 사람들
연세 지긋한 할머니, 할아버지들
절약형 아저씨, 아줌마들
그들은 모두 소박하게 사는
알뜰한 살림꾼들—

배낭을 메거나, 큰 가방을 끌고, 들고
백화점보다, 슈퍼보다, 동네 시장보다
훨씬 싸고 좋은 먹거리들을 사러 온 사람들
토요일이라서 그런지 시장은
인산인해(人山人海)로 북적인다

그들의 얼굴 표정에서 찾을 수 있는 생기와
부담 없는 흐뭇함 속에서 피어나는
잔잔한 기쁨과 여유—

오늘은 나도 환한 얼굴로
뚜벅뚜벅 걸어간다

생활의 지혜로운 달인이 되어서.

비닐봉지

내겐 오래된 습관이 있다
수십 년을 한결같이
찬거리나 물건을 사 온 비닐봉지를
재활용하도록 모으는 것이다

지난겨울, 그 육교 밑을 지나다 보니
언제나 야채전을 벌이고 앉았던
그 할머니 보이지 않았다
추위 때문에 쉬시는가 보다 했는데
겨울도 지나 봄볕 화창한 날
그 육교 앞을 지나다 보니 이번에도 그 할머니
보이지 않는다
옆자리의 아줌마에게 물으니

'그분 세상 떠나셨어요.' 담담한 대답—
갑자기 텅 빈 가슴이 된다

재활용할 수 있는 봉지를 건넬 때마다
'이렇게 모아서 갖다 주는 것도 보통 정성 아닌데—'
고맙게 받으시던 그 할머니의 미소!
아, 이제는 다시 만날 수 없구나

제행무상(諸行無常)을 되새기며
허전한 발길 돌아선다.

무제(無題)

저녁 햇살 빗기는 이 시간
이제야 깨닫게 되었네
그리운 소망은
먼 곳에서나 찾을 수 있으리란 생각
눈 먼 어리석음임을 알겠네

박꽃, 초가지붕에 피던
먼 젊은 날의 고향집
그곳에서 꿈꾸던
탈피와 도약의 목마름…

길은
내가 서 있는 곳으로부터
시작된다는 사실
그때는 미처 알지 못했네

어느 계절, 어느 길목에서도
때때로 엄습해 오는
생애(生涯)의 갈등…

저녁 햇살 빗기는 저녁, 이제야
그 목마름이 우리를
맑은 물가로 이끄는 것임을

이제, 뒤늦게야 알겠네.

옛 이야기
— '엄마 어렸을 적엔' 전시회 보고

우리가 살던
그 옛날의 고향
거기 그대로 숨쉬고 있네

울타리에 우거진 호박넝쿨
초가지붕엔 둥근 박 열리고
원두막의 수박, 참외
여름날 등목하던 찬 샘물 길어 올리던
두레박도 있었네

시장 골목 안에는
방앗간, 이발관, 대장간, 미장원
오순도순 이마를 맞대고 있는
시골 읍내 장터 모습—

구멍 난 양말을 깁던
어머니의 추운 겨울도 그곳에 있었지

소박하고 정겨웠던
그때 그 시절
그 정경!
찡한 가슴으로 바라보면서
거기 고향이 아지랑이처럼 피어오름을 보네

그립고 애틋한 옛 이야기들.

겨울 나목(裸木) 앞에서

지구(地球)라는 별
그 지상에서
우리 나무들과 함께 살고 있음은
축복이다

언제 보아도 좋은 친구같이
우러러지는 스승같이
어쩌면, 사랑하는 당신같이
자연 속에서 나무는 가장
아름다운 생명의 존재!

봄 가고
여름 가고
가을이 가고

한 점 가림없이 서 있는
겨울 나목(裸木) 앞에 서면
저려 오는 나의 가슴…

현자(賢者)처럼
욕심을 펼 때와
멈춰야 할 때를 알아
스스로 미련없이 다 떨구고 서 있는
겨울 나무여.

살림도 예술

수십 년 넘게 살림을 해 왔으면
물리가 터서 살림꾼 되어
잘 사는 길, 후회없이 인생을 사는 지혜
알 법도 한데
남들 따라서 줏대없이 휩쓸리는 행태—

값 비싼 것, 명품 등에 눈독 들이고
실속 없는 자존심 외면치레, 그러면서도
도와야 할 곳엔 인색한 가난한 모습

—결코 박수 보낼 수 없는
어리석은 일
안타까운 일

자고 새면 날이 날마다 함께하는
우리네 살림살이
어제보다 나은 오늘
오늘보다 밝은 내일을 위하여
알뜰하게 아껴 쓰면서
살뜰하게 가꾸며 나눌 줄도 아는
탄탄한 살림!

그것은
우리 생활의 멋
우리 생활 속의 예술

아암, 훌륭한 예술이고 말고.

그 노인(老人)

언제나
그 길에서
그 노인을 만나게 된다

서초역 6번 출구에서
중앙도서관 쪽으로 가는 그 길

벌써 몇 년째 그 길에서
자주 만나게 되는
그 노인

큰 키에 구부정한 모습
욕심이나 불만을 모르는
선하고 평온한 얼굴

한 손엔 허술한 비닐백을 들고 잠바 차림으로
점심때가 좀 지난 시간이면 영락없이
도서관을 찾는 나와 그 길에서
마주치곤 한다

어떤 삶을 살아온 분인지
아무것도 아는 바 없지만
스치고 마주치는 이에게 그토록

좋은 인상을 남길 수 있음은 살면서
한평생 쌓아 온 공덕의 결과이리라

―살아 있는 한
향기로운 숨결 나눌 수 있기를.

석등(石燈)

흘러나오는
그 불빛 앞에서
조용히
내 안을 들여다본다

남의 칭찬에도
남의 비난에도
우쭐하거나 무너지지 않는
순연한 나를 지켜보게 하는―

무명(無明)을 밝히는 등대!
석등의 아늑한 그 불빛.

여백(餘白)

하얀 그 빈자리는 아름답다

그리움과 아쉬움 깃드는
그곳은
내 마음의 숨결 머무는 곳

꿈꿀 수 있는
자유로운
공간

더러는 공허로운 그 빈자리
가슴에 쓸쓸한 바람
스쳐 가지만

팍팍한 세상에서
여유로움을 안겨 주는 여백(餘白)의
그 운치!
그 여운!

나에게
영혼의 노래 부르게 한다.

입춘 기도

해마다
설 전후해서 맞게 되는
입춘(立春)!

새해의 복을 기원하는 입춘방이
집집마다 대문에 붙여지던
세월이 있었다

입춘대길(立春大吉)
건양다경(建陽多慶)

우리 선조들은 간절한 마음으로
복된 삶을 기원하던
미풍양속

조심스레
세상의 다리를 무사히 건널 수 있도록
정성 어린 축원이었다

새해엔 모두가
분수껏
소망의 꽃 피우게 하소서.

까치발

신호등 앞에 멈춰 서서
기다려야 할 때
짧은 시간이지만
유익한 시간으로 바꾸는 방법을
스스로 개발하였다

그리고 자신이 실천하면서
흐뭇한 미소를 지을 수 있었다

그런데 오늘
3호선 지하철을 타려는데
계단 옆에, 내가 개발한 운동 문구가
붙어 있지 않은가

"헬스클럽이 따로 없다
까치발로 지하철을 기다리면—"

동상이몽(同床異夢) 아닌
이상동몽(異床同夢)이라 할까

어쨌던 반갑다.

이삭 줍는 여인
―밀레의 그림을 보면서

가을
넓은 들녘에서
이삭 줍는 여인들

수건을 쓰고 허리를 굽힌 채
앞치마에 수북히
땅에 떨어진 이삭을 줍고 있다

가을 잔광(殘光)은 눈부신데
저 멀리 쌓여 있는 노적가리!
그들과는 상관없는 부(富)의 그림자…

그들은 다만
이삭 줍는 일에 열중하면서
잔잔한 평화와 안식을 얻는다

비운 마음, 낮은 자세로
삶의 이삭들을 알뜰히 줍는 그 모습!
가을 빛, 가을 향기로
익어 가고 있다.

가을 소묘

가을이
가을이
무르익었네

고향집 뒤뜰에
주렁주렁 매달린
주홍빛 감!
감나무처럼.

제4부

들꽃들을 보면

들꽃들을 보면

들꽃을 보면
고향 생각이 난다

들꽃들을 보면
지난 유년 시절이 그리워진다

들길이나 언덕, 산기슭에서
스스럼없이 만날 수 있는 들꽃들―

내 얼굴에
맑은 미소 피어나게 하던 꽃!

지순한 숨결로 피어난 그 모습
점점 잃어져 가는 소박한 옛정
잠시 뒤돌아보게 하는
아쉬운 그 여운―

어쩌다 만나게 될 때면
아, 지금도
초록빛으로 물들어 가는
내 가슴.

소나기 마을

그곳으로 가는 길목 입구
반원형의 듬직한 바위에
크게 새겨진 글씨
'소나기 마을!'

어느새 가슴은
그 옛날의 소년 소녀처럼
애틋한 정감으로 설레인다

문학관으로 가는 길가 풀숲엔
먼 옛날 고향처럼
도라지꽃, 봉숭아꽃, 채송화, 분꽃, 나팔꽃…

모두가 소박한 모습
정겹게 반겨 주고—

내 좋아하는 사람이 있는 그곳
그 마음과 손길 머무는 곳이기에
찾아가는 발길 더욱 가벼워진다

파란 하늘보다
맑은 시냇물보다 더 아름다운
순정을 기리는 꿈 동산

아, 그 이름 '소나기 마을'.

八月 어느 날

능소화 피어 있는
경인미술관 뜨락

날을 듯한 한옥 처마 밑
툇마루에 앉아
짙푸른 나무들과 숨결 나누는
나를 본다

방금, 전시관에서 읽은
한 영혼의 정성이 넘치는
詩와 붓글씨를 본
그 감동과 여운
가슴 깊이 스며들어
이윽토록 홀로 음미하던
八月 그 어느 날.

그림을 보면서

내 책상 앞에는
그림 몇 장이 붙어 있다

언제나 내 마음을
편안케 해 주는
소박한 풍경화!

강가에
키 큰 미루나무 한 그루
하늘 향해 서 있고
나지막한 야산이 보이는
푸르른 들판

오랜 연륜을 지닌
기품 있는 소나무들이 어우러진
숲속 길

그리고 큰 감나무가
울밖까지 가지를 뻗고 있는
정겨운 초가집 풍경—

나는 이 그림들을 보면서
날마다 날마다
내 영혼의 고향을 잊지 않고 산다.

세미원(洗美苑)에서

마음에
가뭄이 들어 메마를 때
찾아가고픈 곳이 있다

물과 꽃이 어우러진 곳
자연 속에서
진리를 터득하게 하는 그곳

물을 보며 마음을 씻고
꽃을 보며 아름답게 마음 가꿀 수 있는
연꽃의 바다, 세미원(洗美苑)!

삶이 팍팍할 때면 찾아가
연잎차를 들면서 음미하는
은은한 향기—

시원한 고향집 샘물을 가슴속에 길어 올린다

연꽃의 침묵 속에 고요히
파란 하늘 우러러보면
어디선가 들려오는

머물지 않고 흐르는
청아한 그 물소리.

소나무 숲 속에서
—장국현 소나무 사진전을 보고

오늘은 마침내
그리던 소나무들을 만나러 간다

벌써부터
설레는 마음
부푸는 가슴
그곳에 당도하자
아! 감탄사가 절로 난다

각기 다른 모양의 우람찬 소나무들
푸른 정기, 기품 있는 모습으로
보는 이의 마음, 올곧게 다스리게 한다

둘레가 4미터 되는 노거송(老巨松)
세 아름이나 되는 대왕 금강송
신령스런 신송(神松)
십장생도에 나오는 적색(赤色) 금강송
그리고 신기한 연리지(連理枝) 소나무—

고고하고 의연한
노송들의 숲속을 거닐며
나는 오늘 지상에서
가장 아름다운 노송에 기대고 서서

조용히 하늘을 바라본다

―우주를 품에 안은 가슴으로.

그네

둘이서 나란히 앉을 수 있는
도란도란 이야기 나눌 수 있는
요람처럼 흔들리는
정다운 그네!

햇빛 가려 주고
이슬비 내려도 옷 젖지 않을
지붕도 있는 아담한 그네!

요즘, 나는 가끔씩
그 그네를 타러 간다

하늘과 푸른 숲
가까이 바라보면서
새들의 노래까지 들을 수 있는 그곳

호젓이 비어 있는 그 그네에 앉아
훈풍처럼 흔들리노라면
아, 삶의 빛과 그늘을 떠난
마음의 평화!

이윽고
영혼의 부자가 된
나를 만난다

평범한 오늘에 감사하는
당신과 나를 만난다.

바다에서

바다는
누구의 가슴에도
출렁이는 그리움

삶 속에서 여의치 못할 때
훌훌 털고 푸른 바다로 달려가고픈
짙푸른 그리움이 있다

그러나 뭍을 멀리 떠난
바다 위에서 사는 사람들은
얼마나 얼마나
육지가 눈에 밟힐까

지순한 흙 내음과
나무, 풀, 꽃
고향의 산과 들…
그리고 생각나는 그리운 얼굴들!

이렇듯 우리는
지금, 이 시간 이 자리의 소중함보다
먼 곳을 그리는 습성이 있기에
애달픈 존재인지 모른다.

그때는

그때, 철없던 시절엔
곧잘, '인생' 이란 말을 사용했었다
악세사리로 멋을 부리듯이…
그런데
인생의 가을녘에 서 있는 지금은
쉽사리 그 '인생' 이란 단어를
쓰지 못하고 있다
어쩐지 함부로 쓸 수 없는 무게로
버겁게 느껴지는 것이기에.

벤치

나는 언제나 묵묵히
지나는 이들이 쉬어 갈 수 있도록
대기하고 있습니다

찾아오는 사람들이
편히 쉬어 가게 하는 것이
나의 소임이니까요

산책 나온 사람, 잠시 앉아서
이윽히 하늘을 바라보기도 하고
길 걷던 이 잠시 다리 쉬었다가 가는 곳
가끔은 친구랑 와서 시간 가는 줄 모르고
수다를 떠는 이들도 있지요

때로는 연인끼리 나란히 앉아
달콤한 밀어 속삭이는 소리
심심찮게 듣기도 합니다

어떤 날은 실직한 남자 찾아와서
무거운 한숨 토하는 소리―
더 가슴 아픈 건
초라한 몰골의 노숙자, 배낭을 베고
맥없이 잠에 떨어진 측은한 모습…

막막한 현실 앞에 선
이 시대의 아픔이기에
고뇌의 심연을 함께 허우적이는
심정입니다

언제쯤이나
어제보다, 오늘보다 밝은
희망찬 내일을 맞을 수 있을런지…

밤에는 이슬 맞으며
달빛 깔고 별들과 이야기 나누고
낮에는 햇빛과 그늘 벗하여
찾아오는 이들을 반기는 나는

알고 보면
자연과 인간을 연계하는
가장 아름답고 멋진
우리 생활 속의 도우미랍니다.

꽃잎이 지네

하르르
하르르
만개한 벚꽃이
바람결 없이도 지네

하르르
하르르
흰 눈처럼 내리네

문득, 스치는 바람결에
내 모자
내 어깨에도
함박눈처럼
꽃비 내리네

하르르, 하르르, 하르르…….

생명(生命)

생명 있는 것들이
어우러져 살고 있기에
세상은 아름답다

생명의 푸른 숨결
녹색 삶의 향기
살아가는 여정(旅程)에서 나누는 긴 이야기…

그것은 들꽃 같은 것
익어 가는 열매 같은 것
하늘의 별처럼 아름다운 것

사노라면 이런 일, 저런 일
기쁨과 괴로움 끝이 없지만, 그것은
생명이 있기에 누릴 수 있는 특혜―
그저 감사한 마음으로 맞이하리라

작은 것이라도 기쁨으로 가꾸고 나누며
삶의 귀한 향기
생명의 여운으로 남겨야겠네.

사계(四季)

봄 햇살은
민들레 꽃처럼
노랗게 피어나고

여름 햇빛은
능소화처럼 열정으로
불타오르고

가을볕은
들국화처럼 연연한데

추운 겨울날 햇볕은
만인이 반기는 따스한 미소!

햇살 비치는 창가에 앉아
내 마음속 어둠을
몰아내고 있다.

노안(老顔)을 보며

전철을 타고 보호석에 앉는다
자연히 맞은편에 앉은
연로(年老)한 얼굴을 대하게 된다
막을 수 없는 세월에 밀려
할아버지가 된 남자
할머니가 된 여자
염색으로 흰 머리를 감췄어도
어쩔 수 없이 연륜이 새겨진
얼굴, 얼굴들…

문득, 저 사람은 어떤 인생을 살아왔을까?
지나온 삶의 그림자가 그 얼굴에 드리워졌으리라

어쩌면, 기쁨보다 괴로움이
웃음보다 한숨이 더 많았을 인생 행로
그래도 땀 흘리며 살아온
보람의 열매는 거두었을까?
연민으로 바라보면서
나는 조용히 중얼거린다

그동안 삶을 위해
참 수고가 많으셨어요

─여생이 평안하시기를.

꽃을 사세요

오늘은 꽃가게에서
꽃을 사 왔습니다

밝게 미소 짓는 꽃분을
창가에 놓으니
한결 정겨운 분위기—

아아! 잔잔한 행복으로
일렁이는 가슴입니다

아까 그 친구는
꽃보다 복권을 사든데
이런 즐거움 알기나 할까요

—복권 대신 꽃을 사세요
당첨 확률 백 퍼센트인
이 잔잔한 기쁨을.

부채

참 고맙다

금년 여름
지독한 무더위에
네 바람의 역할이 그래도
한몫을 해 줬으니—

네 시원한 바람결로
땀을 식힐 수 있었고

네가 불어 주는 그 바람으로
모기를 쫓으며 하염없이
여름밤 별 하늘을
바라볼 수 있었으니.

참 좋다!

봄 언덕에
민들레
반지꽃
사랑스럽고

진흙 속에 피는 연꽃
청정한 그 모습!
마음 맑히고—

가을 호숫가, 하얀 억새꽃
사색(思索)의 물결로
가슴 일렁이게 하나니

이렇듯 각기 다른
모습과 개성(個性)!

참 좋다!

제각기 멋진
생명의 표현이기에.

고목(古木)

아름드리 고목을 보면
흘러간 긴긴 세월
스쳐 간 바람 소리
그 그늘에 머물다 간 사람들의
말소리, 기침 소리 들릴 듯하다
삶의 희노애락
전설처럼 익어 가던 옛 이야기들
향수(鄕愁)처럼 가슴에 파고드는데―.

황혼에

어느새 황혼입니다

긴 여로(旅路)를 걸어왔나 봅니다

걸어오면서
산과 내(川) 들(野)을 지나오면서
나무와 꽃들도 만나고
하늘에 뜬 흰 구름
때로는 비, 바람, 천둥번개도 만났습니다

이제, 가만히 돌이켜 봅니다

세상을 밝게 사는 것도
세상을 어둡게 사는 것도
내 마음 갖기 마련임을 깨닫습니다

문득, 나 살면서
누군가에게 푸른 그늘 드리워 준 적
기쁨의 미소 베풀어 준 적
얼마나 있었던가?

한 떨기 들꽃도 우리에게
맑은 기쁨을 선사하는데…….

제5부

거울 앞에서

거울 앞에서

거울을 닦는다

맑갛게
거울을 닦는다

말갛게 말갛게
거울을 닦듯이

내 마음을 닦는다.

해운대(海雲臺)에서
─50년 만에 신혼여행지 방문 詩

저 멀리
오륙도(五六島) 바라보이는 해운대
해변가 언덕에 앉아
바다를 바라본다

저 멀리, 바다 위엔
여객선, 요트, 달리는 모터보트
깃발 나부끼며 떠 있는
하얀 꿈의 작은 배!

아득한 수평선
푸른 물결 출렁이는 바다에서
유월(六月)의 휴일을 즐기는 청춘들─

문득, 까마득한 세월 거슬러
오십 년 전의 젊던 우리를
회상해 본다

곱고 싱그러웠던 그 옛날의 모습을─
어느새 세월은 그렇게 많이 흘러갔을까!

─우리를 이렇게 가을빛으로 물들이면서.

선통사(善通寺)의 녹나무

언제부턴가 나는
오랜 연륜을 감고 있는
큰 나무 앞에 서면
엄숙하고 경건해진다

한없는 그리움
경의를 간직하게 된다
사람의 수명 몇 십 배나 살아온
나무의 그 모습은
늙거나 초라하지 않고
위풍당당한 모습으로 의연한 풍모!
가슴에 깊은 강물 소리를 듣게 한다

작은 여행길에서 만나게 된
그 큰 녹나무의 수령은 얼마나 되었을까?
천년은 족히 넘었을 듯

지금도 사철 푸른 잎으로
하늘과 땅 사이에
수호신처럼 서 있는

선통사(善通寺)의 녹나무.

* 선통사: 1197년에 건립된 일본 시코쿠의 절, 홍법대사 탄생 서원.

하롱베이

배를 타고 바다를 지난다
갈수록 색다른 절경(絶景)에
감탄을 멈출 수 없다

사람들의 얼굴이 다 다르듯이
가도 가도, 각기 다른 모습으로 떠 있는
수많은 기암괴석의 섬(島), 섬, 섬…

그런 섬들이 삼천여 개가 있다는 게
놀라울 뿐이다

그 신기한 바위섬 갈피갈피에
나무와 풀, 푸른 생명을 잉태하여
하늘과 바다와 어우러진
지구의 신비로운 별천지 하롱베이!

저 선경 같은 경치를 창조하느라
신(神)들은 오랜 세월 동안
얼마나 수고가 많았을까

배를 타고 유유히 선유하면서
하롱베이의 신비경에 도취되어
묵묵히, 한 폭의 그림이 된다.

앙코르와트의 홍련(紅蓮)

고색(古色) 짙은 석조(石造) 건물
앙코르와트를 둘러보고
그 뜨락을 거닐다가

벤치가 있는 풀밭 옆 물가에
언뜻, 화사한 분홍빛이 눈에 띄었다
다가가서 보니
아, 홍련(紅蓮)!

그 연꽃을 바라보면서
무겁던 가슴이 위로가 되었다

팔백여 년 전 그 옛날
기계도 장비도 없던 그 시절에
그 어마어마한 석조 건물로 축조된 앙코르와트!
백성들의 피땀 흘린 노역
그 얼마나 눈물겨웠을까

웅장한 사원
섬세한 조각의 아름다운 건축미
그보다 앞서는 가슴 저린 연민을
주체할 수 없었는데…

그때, 연꽃을 만남으로써
나는 비로소
침울을 토해 낼 수 있었다.

아름다운 황혼

코스타 빅토리아 호로
크루즈 여행하던
어느 날

칠십은 훨씬 넘었을 할머니에게
함께 탄 여행객이 말했다

'할머니, 예쁜 할머니!
젊으셨을 땐 무척이나 고우셨겠어요?'

옆에서 이 말을 들은
백발의 남편 가로되
'그때보다 시방이 더 아름다운 걸요.'

뜻밖에
가슴을 뭉클하게 하는
아! 그 한마디.

그 오솔길 2

파란 하늘 아래
오늘
내가 걷는 오솔길이
그리움 만날 수 있는
꿈 깃든 그 길이기를.

일체유심조(一切唯心造)

어느 때는
부처님 얼굴이
화가 난 듯이 보이고

어느 때는
부처님 얼굴이
웃고 계신 것 같다

곰곰이 생각해 보니
아, 일체유심조(一切唯心造)!

다 내 마음 탓인 것을.

엽서(葉書)

엽서를 받았어요
새해 축하 엽서를요
받아 보는 순간, 그 엽서 그림이
너무도 마음에 들더군요
하얗게 눈 내린 장독대와
나목(裸木)의 감나무 가지 까치밥에
날아온 까치 그림이 있는 엽서!
운치와 정감을 느꼈어요
새삼, 고향 생각하며 오랜만에
티 없는 순수를 한껏 만끽할 수 있었지요
참 행복했습니다
감사합니다.

오늘은

숲 속에서 새처럼 사는 사람
산골 계곡물처럼 맑은 사람
찌는 더위에 청풍처럼 시원한 사람

파란 하늘에 흰 구름같이
유유자적한 사람—

오늘은 그런 사람과 만나고 싶다
오늘은 그런 사람이 되고 싶다

하해(河海) 같은 은혜 입었음에도
한세월 지난 뒤늦게야 깨닫는
불민한 자식같이
등잔 밑이 어둡듯이
철없이 헤매이던 지난날들…

이제, 후회 없는 날을 위하여
오늘은 소중히
보듬으며 살리라

들꽃 같은 미소로
향기로운 삶의 꽃 피우면서.

운치(韻致)

하늘 향하여

깃을 치고 날을 듯한

한옥(韓屋) 기와지붕의 저 처마 끝 좀 봐!

거기엔 비상(飛翔)하는 꿈이 서려 있네

우리 겨레의

그윽한 정, 멋이 깃들어 있네

가슴 두근거리도록 아름다운

정취 깊은 슬기여.

추모(追慕)
―김해석 시인을 그리며

센트럴시티 지하
영풍문고 마주 보이는
'독서하는 사람' 동상 옆에 앉았습니다
지난날
당신과 약속하고 기다리듯 앉아 있습니다
우리 그 자리에서 약속한 시간에 만나서
함께 중앙도서관으로 걸어가던 추억―
새삼, 당신의 모습이 떠오르네요

그 어느 날인가
눈이 녹아 질척이고 진눈깨비 내리던 날
영화를 보고 나오면서
호주머니에서 곶감을 꺼내 주던
소박한 우정이 새삼 그리워집니다

반듯한 자세와 맑은 얼굴
그리고 조용한 마음씨!
오래오래 장수 누리실 줄 알았는데
뜻밖에 서둘러 떠나시다니
안타깝습니다

먼 하늘나라에서 시 쓰시며
편히 쉬시옵소서.

친구 1

나, 외로운 날
부담없이 맞이해 주는
그대는 누구인가

내 영혼의 동반자 되어 주는
그대는 누구인가

그는 맑은 눈동자
조용한 목소리 담긴
그대의 시집(詩集)!

친구 2

꽃피는 계절이 오면
벌과 나비는
꽃에서 꿀을 빨아 가지만
꽃에 상처를 남기지 않는다

그뿐인가, 촉매(觸媒)로써
아름다운 열매까지 맺게 하나니―
아, 우리도
벌과 나비 같은 친구 되리라.

'우리' 라는 말

'우리' 라는 그 말
참 좋다

품속 같은 따뜻함이 있어서 좋다

같은 방향으로 가는 길동무 같아 정답다

혼자가 아니라서 외롭지 않고

같은 소망을 가진 한 둥지 속의 가족처럼

살뜰한 정, 느낄 수 있는 '우리' 란 그 말!

거기엔 함께하는 의미도 있어

누가 만만하게 볼 수 없는 든든한 자부심도 있다

과거, 현재, 미래까지
강물처럼 유유히 흘러갈 '우리'—

그것은
신뢰와 사랑의 푸른 강줄기.

어부의 아내

어부(漁夫)의 아내는 그물을 기워서
사 남매를 키웠다

바다로 떠나지만
돌아올 항구가 있기에
향기가 흐르는 그곳

바다가 금빛으로 눈부신 날엔
만선의 기쁨을 기다리면서
폭풍 이는 날엔 불안과 초조로
가슴 조이며 살아온 생애

이제, 백발이 된 어부의 아내는
황혼 속에서 하염없이
수평선 저 너머로 사라져 간
젊음과 그리움을
아득히 바라본다

쓸쓸한 그림자를 지우면서
터벅터벅 걸어
집으로 돌아가는 발길

자식들의 무사안일을 비는
오롯한 마음이
등불을 밝힌다.

감기(感氣)

호시탐탐
몸이 안 좋은 때를 노려
쥐도 새도 모르게 침투하는 너는
얄미운 무법자(無法者)

혼탁한 공기 속에 많은 네 균(菌)은
호흡을 통해 기침, 재채기, 악수 등으로
가까운 사람부터 전염시키는 너는
염치를 모르는 무뢰한!(無賴漢)

체면 불구하고 기침을 연발케 하고
느닷없이 재채기를 연출하고
불쾌한 쉰 목소리에, 깔끔치 못하게
눈물, 콧물까지 노출시키니
너를 동반한 채로는 외출하기도
민망하고 두렵다

꼼짝 못하게 단도리하기 전엔
누구를 만나는 것도 삼가야 되겠지만
세상살이가 어디 그런가?

감기! 너는
영원히 친하고 싶지 않은 존재!
우주 밖으로 사라져라.

늙는다는 것은

늙는다는 것은
익어 가는 것입니다

늙는다는 것은
낡아지기 보다
길이 나는 과정입니다

그리고, 늙는다는 것은
아름다운 마무리를 위한
빛고운 저녁노을

아쉬운
아쉬운
시간입니다.